鼴鼠洞教室 1 國語課

關於〈狐狸〉這首詩

亞　平——著　李憶婷——繪

各界推薦

機智、溫暖又逗趣的故事×超級可愛的小鼴鼠×無限可能的鼴鼠洞教室，讓人迫不急待想和小鼴鼠一起，上！課！趣！

——**王宇清**（童話寫作者）

地底下的教室有什麼不一樣？鼴鼠都學什麼？怎麼學？亞平用一篇篇童話帶我們去旁聽，去體驗。準備好了嗎？鑽進被窩裡，跟著鼴鼠一塊去遊學吧！

——**林世仁**（兒童文學作家）

亞平老師的童話總是溫暖中帶有新意，內容濃濃善意又有創意，有什麼比這個更適合孩子閱讀呢？用《鼴鼠洞教室系列》一起進入小鼴鼠的學習教室吧！

——**林怡辰**（閱讀教育推手、資深國小教師）

小鼴鼠也要上課！他們上國語課、數學課、冒險課，會出現怎樣的課堂風景呢？以科目為主軸的學習現場令人好奇，趕快打開書本一探究竟吧。

——**林玫伶**（前臺北市國語實小校長、兒童文學作家）

亞平的童話有神奇的魔力，筆下的人物討喜，慧眼發掘新主題。這系列「科目童話」讓你感受到學習即生活；生活即學習。一切都那麼有趣！

——**花格子**（兒童文學作家）

小鼴鼠的課程真令人羨慕呀！實地觀察天敵「狐狸」，寫出令人驚豔的童詩；運用數學課學的「均分」，脫離貓咪的魔掌；更令人期待的是暑假的冒險課之旅……歡迎喜愛學習的小讀者，進入《鼴鼠洞教室系列》。

——**廖淑霞**（臺北市私立再興小學研究教師）

這套童話貼近孩子的心情，也讓我們跟著小鼴鼠在教室和大自然中探險，獲得勇氣，感受有情世界的溫暖與美好。

——**嚴淑女**（童書作家與插畫家協會臺灣分會會長）

作者序

歡迎來上課！

《鼴鼠洞教室系列》最早是來自《超馬童話大冒險》的八篇童話結集，當初寫完這八篇故事後，意猶未盡，趁隙又多寫了「關於〈狐狸〉這首詩」和「一定要公平」這兩篇；寫完後，又覺得小鼴鼠的暑假小旅行沒有交代也不好，於是又花了近一年的時間，寫了第三集的三個冒險旅行故事。當鍵下最後一個字時，心情瞬間激動不已，這系列的寫作時間很長，將近四年，能夠順利結束，並且換上嶄新的面貌和讀者見面，真是我個人創作上一件值得紀念的事啊。

這個系列最大的特色是「科目童話」的完成。

忝為三十年資歷的國小教師，多年前，我一直很希望能用「童話故事」，來幫硬梆梆的學校課程加點趣味，於是「科目童話」的想法隱然成形。只是，這想法立意雖好，下筆卻很難，幾年來一直停留在「只聞樓梯響」的階段。剛好，字畝出版社來邀約《超馬童話大冒險》，腦子靈光一閃，就這麼寫上了。

十篇故事，十間教室，八種不同的科目，用地下虛擬的鼴鼠洞教室，來對應地上的真實學校課程。真假虛實，有想像，有哲理，有趣味也有嚴肅，希望小朋友讀了之後，能對學校的課程更加充滿興趣。

這之中最難寫的科目，是國語科和數學科。

國語科是因為可以寫入童話的素材太多了，很難抉擇——最後，我選擇用「童詩」來切入，希望藉由童詩的自由奔放和生活性，讓小讀者喜歡童詩、不畏懼寫詩。而數學科是不知要寫什麼好，因為很多概念都很難用童話表現——

最後，綜合我的教學經驗，選出了「分與合」這個單元下去創作。「分」有「減法、除法」的概念，「合」有「加法、乘法」的概念，對低年級的部分小朋友而言，可能有些抽象，但它卻是一個實用的單元，希望小朋友在看完故事、哈哈大笑之餘，也能對學習數學興致高昂。

關於第三集的旅行冒險故事，則是另一項嘗試。旅行冒險故事一向很受大小讀者的歡迎，但是用童話表現的旅行冒險故事，在國內並不多見。之前，看了劉克襄老師的作品《豆鼠回家》、《風鳥皮諾查》，非常喜歡，於是起意創作。剛巧趁著三隻小鼴鼠的小旅行，我設計了三條不同型態的旅遊路線：一條往河裡走，一條往森林去，另一條則是去地下展開大冒險。三種不同的地貌、三種不同的旅行目的，和三套不同的情節發展，希望能讓小讀者對「旅行」有更多的想像——「收穫」永遠不止在課堂內。

多年創作童話，我寫了不少動物：狐狸、貓、老虎、小豬、刺蝟都有，但最情有獨鍾的，還是鼴鼠。從二〇一一年的《鼴鼠婆婆的解藥》開始，也不知為什麼，只要沒有靈感時，寫鼴鼠就對了，好像鼴鼠的地洞是個靈感大寶庫似的；在我其他系列作裡，也可以看到鼴鼠的身影。謝謝這些可愛的小鼴鼠，豐富了我的想像，讓我創造出了一個又一個的故事。如今，鼴鼠洞教室正式上課啦，我也功成身退，卸下作者身分，現在只能當個兼職幫忙的愛心媽媽了。

但願所有的小讀者都喜歡鼴鼠洞教室的課程，有事沒事，歡迎來上課！

目次

認識鼴鼠洞的主角們！

——角色介紹——

阿力

就讀鼴鼠學校四年級，是一隻活潑開朗、有好奇心、富冒險精神的小鼴鼠，最喜歡鑽洞課和數學課。

阿發

最乖巧聽話的小鼴鼠，上課認真聽講，作業永遠最早交，課表上的每一堂課都喜歡。

阿胖

膽小愛哭，永遠都在喊肚子餓，一想到上課就想嘆氣，出去玩就很開心。和阿力、阿發是同班同學兼死黨好朋友。

國語課老師　花花老師

鼴鼠學校裡最有創意的老師，喜歡帶領小鼴鼠讀詩、寫詩、看詩。

自然課老師　森老師

上課內容風趣又充滿驚奇，最受小鼴鼠愛戴。很寶貝頭髮，平均上一堂課要撥十次頭髮。

歷史課老師　史太太

對鼴鼠王朝的歷史知之甚詳，是個歷史通。喜歡用「糖果問答」來激發小鼴鼠學歷史的熱情。

工友阿姨　毛阿姨

鼴鼠學校的工友。曾有一個孩子，但不幸失蹤了，從此把所有的小鼴鼠，當自己的孩子看待。

尋寶課老師　黑老師

鼴鼠學校最有愛心的老師，慈祥和藹，充滿智慧，卻又高深莫測。

看看小鼴鼠都上什麼課！

——鼴鼠學校課表——

鼴鼠洞教室

四年級課表

	一	二	三	四	五
8:30 | 8:50	做早操 （升旗、朝會、運動會、健身）				
9:00 | 9:30	國語	數學	國語	數學	自然
下課時間					
10:00 | 10:30	歷史	自然	音樂	歷史	安全
下課時間					
11:00 | 11:30	鑽洞	安全	鑽洞	鑽洞	尋寶
放學					

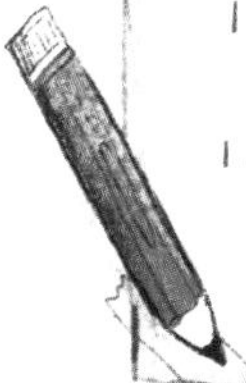

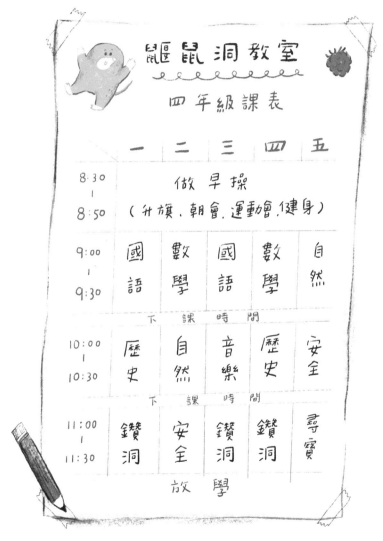

不同的角度

鼴鼠洞第7號教室是國語教室，花花老師是學校裡最有創意的國語老師。

「今天我們來讀詩。」花花老師一上課，就中氣十足的大聲宣布。

「又是詩！」阿發嘟著嘴說：「上一堂才寫過詩，這堂課又要讀詩。花花老師怎麼那麼愛詩啊？」

「因為讀詩會讓人生更加美麗啊！」阿力搖頭晃腦，學著花花老師的語調說，大家都笑了。

「食物才會讓人生美麗吧。」阿胖說。

「錯！遊戲才會美麗。」小丁說。

「發呆最美麗。」

「鑽洞最美麗。」

花花老師做了一個停止的手勢，俏皮的說：「各位小鼴鼠，把你們剛剛的話串起來，就是一首可愛的詩啦！」

阿發又扮了個鬼臉。

「不過，今天我們不是要讀一首可愛的詩；相反的，我們要讀的是一首特別的詩。這首詩是由鼴鼠界赫赫有名的大詩人——鼴小豆所寫的，詩名就叫做〈狐狸〉。」

「唰」的一聲，花花老師在黑板上秀出了這首詩：

狐狸

鼴小豆

狐狸，狐狸，
你有美麗的毛皮，
你有強健的身體，
跳躍時，像一條彎線，
跑步時，像一陣快風，
姿態優美，
傲然獨立，
狐狸，狐狸，
我喜歡你。

花花老師先講解詩人鼴小豆的一生及創作動機後，再開始帶領大家欣賞這首詩。

「所以，喜歡這首詩的，舉手？」

沒有一隻鼠舉手。

「不喜歡這首詩的，舉手？」

很多隻手舉了起來。

「為什麼不喜歡呢？」

小丁首先發言：「狐狸很可惡啊，怎麼可以喜歡他？」

「我最恨狐狸了，他是我們的敵人。」阿黑說。

「狐狸長相奇怪又奸詐狡猾，是最可怕的動物了。」奇奇說。

「各位小鼴鼠，你們說得都對。」花花老師拍拍手，要大夥兒安靜，「狐狸的確是我們的敵人，大家不喜歡他是可以理解的；但這首詩最可貴之處在於，詩人用了不同的角度去描寫狐狸。」

「不同的角度？是欣賞的角度嗎？」阿力問。

「是的。鼴小豆喜歡狐狸，他用讚美的角度去描寫狐狸，打開了另一種思考方向。請你們平心靜氣想一想，狐狸究竟是美的？還是醜的？如果他不吃鼴鼠，你們還會討厭他嗎？」

花花老師這麼一問，大家突然都安靜下來。

「如果狐狸不吃鼴鼠，我當然不會討厭他；但也不可能和他做朋友吧。」小丁說。

「其實狐狸的毛色很漂亮，搶眼的橘紅色，比我們身上的灰黑色好看一百倍。」小麗說。

「他和我們一樣都是動物，只是他的體型大，我們的體型小。」阿發說。

「很好，我們這樣一討論，不同的看法就出來了。」花花老師高興的說。

「不同的角度就會有不同的思考，這就是這首詩給我們的啟

發。所以，接下來的功課，就是要你們也來寫一首『狐狸』的詩，記住，要用不同的角度，讓我看到不一樣的狐狸哦。」

花花老師一說完，下課鐘聲就「噹噹噹」的響起來了。

意外的驚嚇

下了課，阿力、阿發和阿胖，馬上往原野上的紅莓果叢跑去。

現在是紅莓果成熟的季節，不趕快吃個夠，就太辜負這款「季

節限定」的美味了！

三隻鼠熟門熟路的來到原野上的紅莓樹前，這棵紅莓樹結的紅莓果果實飽滿、色澤紅豔，是他們公認的「好吃第一名」。不過，要吃到可不容易——紅莓樹長在一大片荊棘叢中，這片荊棘的野刺又長又利，一不小心困在裡面，很容易傷痕累累，且愈掙扎，愈是出不來，是一般小動物都會避開的「危險地帶」。也因為小動物都不來，紅莓樹的生長環境得天獨厚，結實纍纍，芳香誘人。

但三隻小鼴鼠是不怕荊棘叢的，只要從地洞出入，完全可以避開這可怕的荊棘叢。現在，他們鑽著專屬的地洞通道，輕而易舉的

來到紅莓樹前，美食當前，誰都不想說話，「吃」就是了。

吃飽了，三隻鼠坐在紅莓樹前，滿意的嘆著氣。

「真好吃呀，這是我所吃過最美味的紅莓果了。」阿力摸著肚皮說。

「藍莓、木莓、花莓和蛇莓都比不上。」阿胖也說。

「紅莓果啊紅莓果，我真喜歡你。」阿發

學起花花老師的聲調，大夥兒都笑了。

「如果我們的作業改成『為紅莓果寫一首詩』，我一定寫得又快又好。」阿力說。

「我也是。」阿胖也大聲附和。

「狐狸超難寫的，還要用什麼不同的角度來寫。關於狐狸，我唯一的角度就是討厭。」阿發說。

「唉，花花老師為什麼要出這麼難的作業呢？」阿力說。

「如果狐狸肉很好吃的話，我是可以從這個角度去寫啦。」阿胖說。

「聽說狐狸超臭的，只要一靠近，就會聞到濃重的臭味，不被嚇死也會被臭死。」阿發說。

「哈，那我知道要寫什麼了。」阿力清清喉嚨說：

「狐狸啊狐狸啊，
好臭啊好臭啊，
全世界最臭的就是你！」

阿力一說完，三隻鼠放聲大笑，笑得眼淚都要流出來了。

突然間，荊棘叢裡傳來轟然巨響，鳥群亂飛、枝葉搖擺，三隻鼠嚇得連忙躲進地洞裡。

不知躲了多久，待一切安靜、聲響俱無，三隻鼠才探頭出來。

「發生了什麼事？」阿力探出頭說。

「該不會是地震吧？」阿發探出頭說。

「紅莓果還好嗎？」阿胖探出頭說。

然後，他們看著眼前的龐然巨物，驚嚇到不知道要說什麼才好。

狐狸。

一隻真正的狐狸。

一隻真正的狐狸陷在荊棘叢裡。

阿力揉揉眼睛。

阿發拍拍腦袋。

阿胖捏捏臉頰。

沒想到，他們竟然在這種情況下，遇見了一隻狐狸。

三隻鼠立刻把頭縮回地洞內，只露出六隻眼睛，炯炯有神的盯著狐狸看。

「真的是狐狸呀？今天真是『狐狸日』。」阿發平靜的說。

「都是花花老師害的啦，狐狸這，狐狸那的，現在眼前竟然真的出現了一隻狐狸，嚇死人啦！」阿胖語帶顫抖。

「不過，這隻狐狸好像狀況不太好呢。」阿力緊盯著狐狸瞧。

陷入荊棘叢的狐狸，先是用力掙扎；愈掙扎，陷入愈深，等他終於明白這個道理，就安靜下來，不

再做任何的抵抗了，只是靜靜的喘著氣。

狐狸的身上傷痕累累，左腿有咬傷，右腿有撕裂傷，有些傷口還汩汩的流著血，看起來，就像剛和一隻大型動物戰鬥過。

他是戰贏了，才跑到荊棘叢來？還是戰輸了，不得已陷入這荊棘叢內？答案很明顯。

不過，也真倒霉。他避開了有形的敵人，卻遇上了另一個無形的敵人——荊棘叢——這個敵人可能更難擺脫呢。

三隻鼠就這麼靜靜的和狐狸互相對看，誰也不說一句話。

一個決定

狐狸喘完氣後，閉上眼睛，一動也不動，他真的是筋疲力盡了。

阿胖小聲問：「這隻狐狸，死了嗎？」

「沒有，胸口還動著呢。」

「一定是被利刺扎得難受。」阿力說：「你們看，他眼睛上方有根刺，正對準眼皮，再動一下，就要刺進眼睛了。」

「不止眼睛，他的鼻子、臉頰上也都有很多根刺。」阿力再說。

「好可憐，一定很痛。」阿胖說。

「有什麼好可憐的？」阿發叫起來：「他是狐狸耶，專門吃我們鼴鼠，他死了，也是活該。」

「狐狸死了，當然是活該；」阿胖吞吞吐吐的說著：「但是，我看了不忍心。」

就在這時，狐狸突然張開了眼睛，銳利的眼神直直的朝小鼴鼠的方向射來，和三隻小鼴鼠打了個照面；但也只是一瞥，一瞥後，狐狸就又疲憊的閉上眼睛。

「完蛋，他看到我們了，快逃啊！」阿胖大聲說。

「逃什麼，狐狸又追不過來，不要自己嚇自己。」阿發拉住阿

胖。

「他是在向我們求救嗎？」阿力歪著頭問。

「狐狸怎麼可能向鼴鼠求救，你別傻了。」阿發說。

「他現在的情況很糟，如果不救他脫困，最後一定會死在荊棘叢裡。」阿力說。

「那也不干我們的事。」阿發說。

「那也不干我們的事。」阿胖也說。

三隻鼠陷入一陣沉默。

不知道過了多久，直到風吹斷一根細細的荊棘枝條吧，阿力突

然鑽出地洞大聲說：「不行，我想去幫幫他，即使狐狸會死，我也想讓他好過些。」

阿發拉住阿力問：「你要怎麼幫他？你不可能把他拖出來的。」

阿力鎮定的說：「我當然不能把他拖出來，我只是想幫他把刺拔掉。」說完，阿力嘿喲嘿喲的爬上了荊棘叢。

其他兩隻鼠眼看無法阻止阿力，也跟著鑽出洞來。

「衝動的傢伙！」阿發指著阿力大罵：「算了，我也跟上去看看，萬一發生危險，起碼我還可以幫幫他。」

阿胖看看四周，只剩他一隻鼠了。「那我呢？好吧，我也上來

把風吧。」

三隻鼠就這麼一前一後的爬上荊棘叢。

狐狸是知道有小東西爬上荊棘叢的，因為他又張開了眼睛，也看見了三隻鼠的身影。不過，他陷在利刺叢中，無法動彈，依舊只看了一眼，就又閉上眼睛。

阿力看見這個景象，心下知道狐狸力氣用盡，無法攻擊他們了。他放大膽子，輕手輕腳的爬到狐狸頭頂上的荊棘叢，手一探，馬上摘下對準狐狸眼皮的利刺；接著是額頭上和右邊臉頰的刺。

阿發觀察了一下狀況，發現狐狸毫無反抗，也跟著幫忙摘掉狐狸下巴上的刺；阿胖不敢往上爬，選擇就近拔掉狐狸腳上的利刺，愈拔愈順手。

大夥兒認真的拔著刺，已經管不了狐狸是敵人還是朋友了。

突然間，狐狸大大的呼出一口氣，感覺像是舒服的呻吟。三隻鼠嚇一大跳，慌忙的爬下荊棘叢，又鑽回地洞。

他們觀望了一會兒，發現沒有異狀時，高興的彼此握握手。

「沒想到，我們拔光狐狸身上的利刺了。」阿力說。

「可憐的狐狸，傷痕累累。」阿胖說。

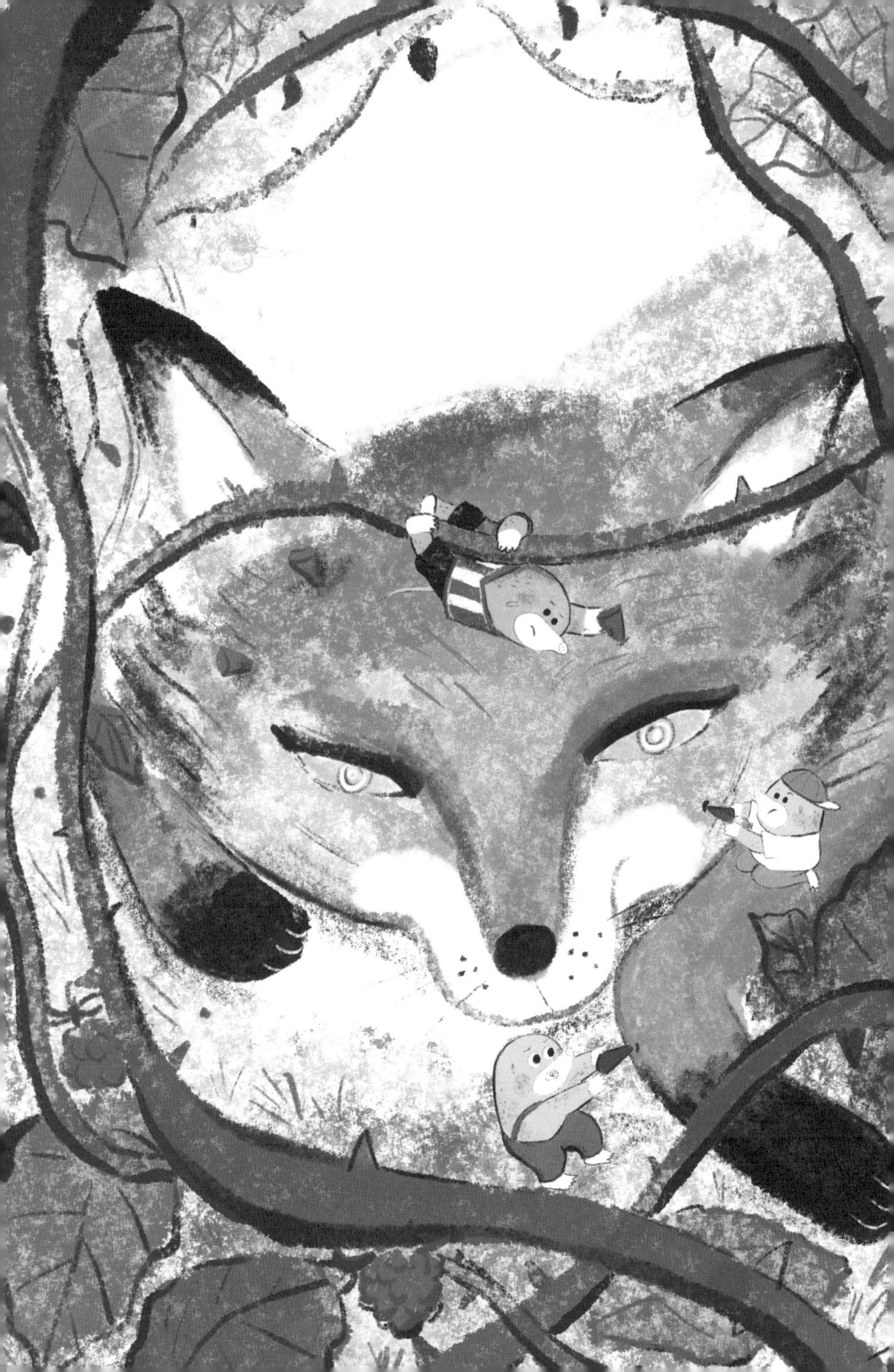

阿發說：「好啦，這樣他應該好過一些了。」

阿力嘆口氣說：「我從沒看過這麼可憐的狐狸。」

「我也是。靠近仔細的看他，才發現他的毛皮真的很漂亮。」阿胖說。

「這麼痛苦，哼也不哼一聲，也算是個勇敢的傢伙。」阿發說。

「花花老師說得對，看狐狸不能只用一種角度啊。」阿力又說。

三隻鼠就這麼靜靜的和狐狸對視著。

天色漸漸變暗，回家的時刻到了。

阿胖推推阿力，指了指天色，暗示著該回去了。

阿力卻說：「我們做完這最後一件事再回家吧。」

「什麼事？」阿胖問。

「我們給狐狸帶點吃的東西吧，現在他全身無力，吃點東西也許會舒服些。不管他明天是死是活，至少，我們盡力了。」阿力說。

「這樣做好像是在幫助敵人，不好吧？」阿發遲疑的說

「你確定狐狸吃了我們給的紅莓果，就會活下來？」阿力反問。

「紅莓果哪有這麼大的效果啊。」阿胖笑了，「不過，如果狐狸逃過一劫，希望他會記得我們的救命之恩，畢竟我們是他的恩人

哪！」阿胖說。

「恩人？所以呢？」

「所以他必須放過所有的小鼴鼠，改吃田鼠、地鼠、土撥鼠之類的。」

「哈哈，最好他分得清我們這些鼠類的差別。」阿力催促道：「快，我們動工吧。」

三隻鼠摘下一大叢紅莓果，掛在狐狸嘴邊的荊棘枯枝上，他如果想吃，轉頭就吃得到；如果他吃不了，那三隻鼠也無能為力了。

「好啦，狐狸啊，我們盡力了。接下來就看你自己的命運了。」

三隻鼠說完，一個揮揮手、一個點點頭、一個做了個加油的手勢後，迅即的鑽回地洞裡，邁向溫暖的家。

我們會寫詩了

隔天，三隻鼠上課都心不在焉。

他們滿腦想的是狐狸，眼睛裡看到的也是狐狸，嘴巴也想說狐狸——不過，他們都不敢說。他們約定好，這是彼此之間的祕密，

祕密是不能廣為人知的；而且萬一說出口後，湧來更多小鼴鼠想去看狐狸，那可怎麼辦？

狐狸死了嗎？

狐狸活下來了嗎？

狐狸逃出去了嗎？

狐狸吃紅莓果了嗎？

這些念頭像螞蟻，在他們的腦袋鑽啊鑽，三隻鼠好想馬上就知道答案。

上午的課程結束後，他們不約而同的往荊棘叢跑去。

鑽出地洞後，第一眼看到——咦，狐狸呢？

狐狸不見了。

真的不見了。

澈底的不見了。

三隻鼠站在空蕩蕩的荊棘叢前，內心充滿失望。

地上只殘留斑斑血跡，荊棘叢被拉扯、摧折了一大半，看起來像是狐狸奮力掙扎逃生的痕跡；但也有可能是另一隻動物，趁狐

狸無力抵抗時，把他拖走了。

不管怎樣，狐狸終究是不見了。

三隻鼠在荊棘叢前四處巡視，想要查看現場留下的蛛絲馬跡，拼湊昨晚事情的經過；不過，線索太少，仍然是一場空。

阿力嘆口氣說：「狐狸不見了，好失望喔；不過，也鬆了一口氣。」

阿發點點頭，「也許他逃過一劫，開始了新生活。」

「但願他能記住，我們是他的救命恩人，放過所有的小鼴鼠

哦！」阿胖說。

阿力大笑。

阿胖摘下一叢紅莓果，給大夥兒果腹。

阿力邊吃邊說：「嘿，我知道要怎麼寫〈狐狸〉這首詩了，我有個很棒的主意。」

「我也想到要怎麼動筆了，這次的事給了我無數靈感。」阿發也說。

「我也有想法哦，是你們都想不到的角度。」阿胖開心的說。

然後，不知道是誰吟起了鼴小豆的那首詩：

狐狸，狐狸，
你有美麗的毛皮，
你有強健的身體，
跳躍時，像一條彎線，
跑步時，像一陣快風，
姿態優美，
傲然獨立，
狐狸，狐狸，
我喜歡你。

「再見了，狐狸。」阿力說。

再見。

再見。

三首不同角度的詩

又到了花花老師的國語課。

花花老師說：「上次同學們交來的作業寫得很不錯哦，其中有三首寫得特別好，我們來欣賞一下吧！」

狐狸的眼睛

狐狸的眼睛，
慢慢的流出眼淚來，
是因為很痛嗎？

鼴阿力

狐狸的傷口，
慢慢的流出血來，
應該很痛吧。
可憐的狐狸，
困在荊棘叢裡，
靜靜死去。
希望你早日得到安息。

勇敢的狐狸

鼴阿發

你身上有很多傷口，
傷口上還流著血，
你不哭一聲，
也不叫一聲。
前幾天，我擦破皮，
只是輕輕一碰，
就痛得受不了。
親愛的狐狸，
我覺得你很勇敢。

我們做好朋友吧

鼴阿胖

狐狸狐狸，
我們做好朋友吧。
你不吃我的肉，
我也不吃你的肉；
你住地上，我住地下；
你不亂跑亂追，我不亂鑽亂爬。
高興時，我們揮揮手，笑一笑，
不用太靠近，
也不會太遙遠。
狐狸狐狸，
我們做好朋友吧。

點蠟燭的自然課

鼴鼠洞第33號教室是自然教室，這是一間會讓人「哇——」一聲的教室。

一進教室，桌子上擺滿了各式各樣的鮮花，「哇——太香了！」森老師說：「今天我們要來認識常見的開花植物。」

一進教室，展示臺上擺滿了各種小動物新鮮的及乾燥的糞便，「哇——太臭了！」森老師說：「是的，唯有了解各種糞便，才能『知己知彼，百戰百勝。』」

一進教室，教室中間用泥土堆成了大大的火山模型，「哇——太酷了！」森老師說：「知道火山爆發是怎樣的情景嗎？今天我們就來震撼一下。」

那一節課，同學們的尖叫聲，果然差點把教室的門窗震飛了。

大家都說：「森老師的自然課，真是太有趣了。」

今天，又要上自然課了，阿力、阿發、阿胖好期待，森老師會帶給大家驚喜還是驚嚇呢？

門一開，大夥兒又叫

起來：

「哇——太美了！教室怎麼變得這麼美呢？」

教室每個角落都插滿了各式各樣、大大小小的蠟燭，搖曳的燭光中，教室變得好浪漫、好有氣氛。

「我知道，」阿胖叫

起來：「今天一定是森老師的生日，老師想要開個慶生會，故意點上這麼多蠟燭，好讓我們大家一起吹蠟燭、吃蛋糕。」

「可是，沒看到蛋糕啊！」阿樂問。

「笨啊！森老師一定是把蛋糕藏起來了，他要給我們一個驚喜。」

阿胖的一番話，讓來上課的小鼴鼠心癢癢的，想到可以吃蛋糕，他們的口水都快流出來了。

森老師出現了。

他大聲的向同學們道聲好，然後，撥撥頭髮（這是森老師的招

牌動作，他最寶貝他的頭髮了）。他對著小鼴鼠說：「怎麼樣，看到教室裡的布置了嗎？知道今天要上什麼課了吧？」

大家興奮的點點頭。

「等一下每位同學各選一根蠟燭，然後聽我的口令把它吹熄。」

大家笑得更開心了。

「吹熄後，先不要急著把它點亮，要觀察一下煙飄動的方向、蠟油的滴落。然後，大家都要上臺來報告。」

小鼴鼠聽完森老師的話，怔怔的你看我，我看你。

阿胖忍耐不住了，他問道：「那——什麼時候吃蛋糕啊？」

「蛋糕？」森老師一臉迷惑。

「今天不是老師的生日嗎？」阿胖振振有詞的反問：「我們不是要吹蠟燭、吃蛋糕？」

「哈哈，阿胖，你想太多了。」森老師又撥撥頭髮，「今天不是我的生日。今天，我們要上的課是觀察蠟燭的點燃和熄滅，以及蠟燭的構造和成分。在地洞裡，蠟燭是很重要的照明工具，它的使用方法，我們一定要了解，所以我準備了各種不同的蠟燭給同學們比較。怎麼樣，同學們有問題嗎？」

「唉～」大家哀怨的叫了一聲：「是沒問題，不過，好失望啊！」

「放心，這節課也會很有趣的。」森老師又撥了撥頭髮。

上完課，阿力、阿發和阿胖，三隻鼠馬上衝到阿胖家去。阿胖媽媽剛做了好吃的「鳥蛋松子煎餅」，香極了，他們三個一下子就吃掉一大盤。

「都是你，」阿力摸摸發脹的肚皮，「說什麼有蛋糕可吃，害我上課時，肚子一直咕咕叫。」

「我也是。」阿發吞下最後一口煎餅，「我還在想森老師會請我們吃什麼口味的蛋糕呢？結果是，什麼都沒有。」

「哎喲，」阿胖不好意思的抓抓頭，「都是蠟燭害的啦，我一看到蠟燭就想到蛋糕。」

「不過，我喜歡森老師的課，很好玩。」阿力說。

「我也喜歡，超有趣的。」阿發說。

「既然我們都喜歡森老師，那不如，我們馬上就來做森老師交代的功課吧。」阿胖提議。

「好啊！」

小矮人的蠟燭

森老師今天給的功課很簡單，是要大家回家找一根蠟燭點燃看看，然後寫觀察紀錄。

在地洞裡，每個家庭都備有許多蠟燭，要找一根蠟燭不是難事。

可是，阿胖找了許久，卻只拿來一根短短的蠟燭。

阿力問：「怎麼拿一根短蠟燭來？」

阿胖說：「這根蠟燭很特別，是小矮人送我的。」

「住在河邊的小矮人？」阿發問。

「是的。」

三隻鼠常常上河邊去玩，河邊的地洞裡就住著小矮人。不過，小矮人住的地方很隱密，他的脾氣也有些古怪，不常出來活動。

「他為什麼要送你蠟燭？」阿力問。

「我也不知道。」阿胖想了一下說：「大概是因為我順手幫忙，搬走了擋在他地洞前的大石頭吧——其實我不是故意要幫他的，只是因為那塊石頭也擋住了我的路，我就順手一搬，沒想到，石頭搬走了，地洞的門也開了。之後小矮人就跑出來，拿了根蠟燭，說要

送我。」

「你就接受了？」

「一根短蠟燭不值錢吧？我還有跟他說謝謝。」阿胖說。

阿力聳聳肩，「是啊，一根蠟燭是沒什麼。來，我們把它點亮吧。」

短蠟燭並不好點燃，因為它的燭芯很短，很難瞄準。

三隻鼠試了一次又一次，好不容易才點成功。

「太好了，我們開始觀察吧。」阿發說。

突然一個怪聲音傳來：「**看看我～～看看我～～**」

三隻鼠你看看我，我看看你。

「**就是你～～就是你～～**」

聲音從他們背後傳來。

三隻鼠怯怯的轉過頭去——天啊，牆上有一個大大的影子在搖來

晃去，然後又是那可怕的聲音：「不要走～～不要走～～」

三隻鼠嚇壞了。

阿力當機立斷，他馬上轉身，一口氣吹熄了蠟燭。燭光一滅，牆上什麼東西都沒有了。

「那……是……什麼東西啊？」阿發嚇得舌頭都打結了。

「我也不知道。」阿胖也臉色發白。

「嚇死人了，我要回家了。」阿力說。

「我也要走了。」阿發說。

三秒鐘之內，兩隻鼠馬上離開，只留下阿胖著急大喊：「別丟

下我啊，這蠟燭——怎麼辦？」

第二天見面時，三隻鼠的臉色都還有些發白。

阿力問阿胖：「那根短蠟燭呢？」

「我把它丟了。」

阿發說：「丟了好，小矮人的東西一定有詐。」

阿胖說：「可是，我覺得小矮人應該不會害我啊。」

阿發說：「來歷不明的東西還是小心點，萬一跑出一隻大怪獸，我們就完了。」

三隻鼠同時點點頭。

第三天，三隻鼠一見面，第一句話就是：「那根蠟燭——」

阿胖說：「我把它丟了。」

阿力卻說：「我在想，我們要不要再點一次蠟燭，看看究竟是什麼鬼怪？」

阿發說：「我也這麼想。」

阿胖說：「我早就這麼想了。」

一上完課，三隻鼠馬上跑到阿胖家。

阿胖已經把蠟燭拿出來了。

「你不是說你把它丟了？」阿發問。

阿胖無辜的聳聳肩，「我是把它丟到櫃子裡啊。好歹這也是小矮人送給我的禮物，我要留著做紀念。」

「好了，快，我們再試一次。」阿力說。

「這次一定不要被嚇到。」阿發說。

阿胖慢慢的點燃蠟燭，燭光亮了，牆上出現了一個大大的怪影子。

「看看我～～看看我～～」影子又呼喊起來。

三隻鼠身子挨著身子，手握著手。還是阿力最大膽，他對影子說：「我們已經看著你了，你有什麼事嗎？」

「救救我～～救救我～～」

「為什麼要救你？救了你，我們該不會遭殃吧？」阿發說。

「摸摸我～～摸摸我～～」只見影子怪物把手伸出來，他是那麼的急切、那麼的渴望。

阿胖忍不住伸出手。

阿力拉回阿胖的手，大聲警告：「不要亂摸，萬一被吸進去就

完了。」

阿胖的手一放下，影子開始又哭又鬧，大聲呼喊：「**就是你～～就是你～～**」

「為什麼是我？我能幫你做什麼？」阿力問。

牆上的影子突然快速的晃動起來，接著，出現了一個又一個奇怪的影像。速度很快，三隻鼠看得眼花撩亂，什麼也看不清楚。

「我知道了。」阿胖突然大喊：「他想要告訴我們他的故事。」

「是嗎？」阿力和阿發對看了一眼。

阿胖上前一步，對著牆上的影子說：「你是不是想要說說你的

故事？」

牆上影子點點頭。

「可以慢一點嗎？」

阿胖一說完，牆上的影子突然消失，一切歸於寂靜。

蠟燭的故事

蠟燭還在燃燒，細細的煙柱往上飄，室內一片昏暗。

三隻鼠對看了一眼，這怪影子會有什麼特別的故事呢？三隻鼠的心中，現在是好奇多過恐懼。

突然間，影子又出現了。

這次的影像不再是那個鬼哭神號的怪物了，而是一根小小的羽毛，在天上飄啊

飄，飄過高山，飄過森林，飄在小熊的身上，又飄到了小兔子的耳朵上。小兔子覺得耳朵發癢，輕輕一揉，小羽毛就掉到山洞裡——

影像出現得很慢很慢，阿胖、阿發、阿力看得目瞪口呆，這是他們從沒看過的、非常奇妙的光和影，他

們漸漸看明白了一些事。

最後，出現了怪物的手。一隻大大的手盤踞在牆上，然後是怪物低沉又懇切的呼喊：「**救救我～～救救我～～**」

這時，阿胖不顧一切走上前，摸住了怪物的手。

阿力也是。

阿發也是。

三隻瘦小的手，緊緊的摸住牆上那隻虛無的大手。

突然間，蠟燭爆出激烈的火光，室內忽明忽暗。

又到了上自然課的時間。

這次的上課重點，是蠟燭燃燒的觀察報告，每隻小鼴鼠都有備而來。

森老師坐在教室前面，對著小鼴鼠的報告，一面聆聽，一面打分數。他不時面帶微笑，撥撥頭髮說：「唔，報告得真好啊！」

接下來，輪到阿胖這一組的報告了。

先由阿力報告觀察的心得；接著，阿發報告實作結果；最後，阿胖拿出短蠟燭。

阿胖說：「大家看看這根短蠟燭，有什麼不一樣的地方？」

大夥兒搖了搖頭。

「剛開始，我們也覺得這是一根平凡無奇的蠟燭；但是，我們把蠟燭點燃後，竟然發現，這是根神奇的蠟燭！蠟燭裡竟然藏著一位精靈——羽毛精靈。羽毛精靈在無意中飄進牛油桶裡，被製成蠟燭，從此，他就被困在蠟燭裡，失去自由。他試了好多的方法想要

逃脫，卻怎麼也走不了，直到遇見了我們三個。

我們三個只是用手覆蓋住他的手，竟然就將羽毛精靈帶離了蠟燭的囚禁。精靈非常感謝我們，為了致謝，他說要為我們帶來最後一場光影表演。表演之後，他就要飛到外面的世界，重回自由的生活了。我們三個都覺得，這件事非常神奇，所以，今天我特地把蠟燭帶來，希望大家都來看一看精靈的最後一場演出。」

森老師第一個站起來，他激動的說：「什麼？蠟燭裡竟然有羽毛精靈？這是絕無僅有的發現啊！快，讓我開開眼界吧。」

所有的小鼴鼠也跟著鼓噪起來。

三隻鼴鼠點點頭，阿胖熟練的點燃短蠟燭，阿力和阿發拉上窗簾，教室裡馬上安靜下來。

燭芯點燃後，一縷輕煙飄散開來，空白的牆上，先是出現了一些沙沙的、黑黑的影子；不久，影像變得愈來愈清楚，是

什麼呢？是——

一根小小的羽毛，在天上飄啊飄。

小羽毛飄到山洞裡，伴著一隻蛇度過了長長的冬眠；春天來了，蛇出洞了，小羽毛也跟著出洞了，一不小心，卻飄到溪流裡——

最後，小羽毛沾附在牛的背上，被帶進牛舍裡。牛尾一甩，竟然將他甩進一桶牛油裡，牛油被製成蠟燭，小羽毛從此被囚禁在蠟燭裡——

在這節自然課，教室裡傳出有史以來最大的「哇——」「哇——」

聲。大家看得目瞪口呆、目眩神迷，從來沒想過，光和影竟然也可以說出這樣一個特別的、令人印象深刻的故事。

故事結束，蠟燭熄滅，突然間，所有鼴鼠都感覺到教室上空有一陣清風吹過，這陣風拂

過他們的每一根毛髮，觸感無比輕柔。

「羽毛精靈走了嗎？」一隻小鼴鼠問。

阿胖點點頭，說：「應該是。」

熱烈的掌聲如潮水般響起，久久不散。

森老師說：「太棒了，我從來沒看過這麼精采的光影秀。阿胖、阿力、阿發，你們表現得真好，這學期你們的自然課分數：一百分！」

三隻鼠高興得跳起來，「謝謝森老師，哦～～耶！」

不准超過這條線

三隻小鼴鼠在河邊玩耍。
天氣晴和，微風徐徐，三隻鼠玩得很開心。

先玩潑水遊戲，再玩跳石頭遊戲，最後是打水漂兒——一塊一塊的小石片兒在水面上跳舞。阿力大聲叫，阿發大聲笑，阿胖大聲吼，三隻鼠為了誰輸誰贏，爭嚷不休。

突然，阿力指著水面不遠處，說：「瞧，那是什麼？」

一個小小的、亮亮的東西。

阿發抬頭看了一會兒，說：「樹葉吧！」

阿胖頭也不抬，「搞不好是垃圾。河面上哪會漂來什麼好東西？」

不過，阿力可看仔細了。

他快手快腳的跑到岸邊，找來一根細長的樹枝，便往河邊跑。

阿發也不過瞅了阿力一眼，就知道他的心思了。他接過長樹枝，高聲嚷著：「要把它撈起來嗎？好，看我的厲害！」

阿發擎著樹枝在河上奮力的撈，一次，二次，三次，終於撈到這小東西了。可是河水的流速是這樣的快，忽然間，又把小東西帶開，離岸邊更遠了，怎麼辦？

阿發氣不過，只見他伸長手，使盡全身力氣，用力一掃。

小東西飛起來了，像一隻小鳥般飛得又快又好，最後，「咻」的一聲，穩穩的落在阿胖的手掌心上。

「哈哈，我接住了！一百分！」阿胖大叫。

「這是什麼東西啊？」阿發和阿力也跑過來了。

只看了一秒鐘，阿力就高興得叫起來：「我知道這是什麼，是一顆糖！」

兩秒鐘後，阿發、阿胖

也點點頭：「是的，一顆糖！」

陽光晴和，微風徐徐，現在，三隻鼠可不開心了。為了撈起來的一顆糖，三隻鼠火氣很大。

「這顆糖是我先看到的，當然要給我吃。快，阿胖，還給我吧！」阿力先聲奪人。

阿胖卻將手緊緊的背在後面，「這糖是自己跑到我的手上來的啊，既然它自己飛來，那就是要給我的，為什麼要還給你？」阿胖也不甘示弱。

阿發可沒好氣了，「你們真是過河折橋。如果沒有我使勁用樹枝撈，現在還會有這顆糖嗎？說到底，這顆糖應該是要給我吃才對。這件事，我最辛苦，出力最多，不是有一句話：『最辛苦的人才有糖吃！』糖，應該屬於我的。」

阿力笑了起來，他對阿胖說：「你聽過這一句話嗎？」

「當然沒聽過！」阿胖也笑了，「我聽到的是：『誰拿到糖，糖就是誰的！』現在糖在我手裡，當然就是我的。」

「不對，是我的！」阿力也上來搶糖了。

「可惡，過河折橋的朋友們！」阿發也加入戰局。

就這樣，三隻鼠扭打成一團，為了天外飛來的一顆糖。

真是鼻青臉腫啊！

扭打了十分鐘後，阿力靠著努力不懈的戰鬥力，終於從阿胖手中搶走糖。他拿起樹枝，在地上畫了一條線，「不准超過這條線，誰超過線，就不是我的朋友。」

阿發則是一臉不屑的說：「早就不是朋友了。朋友是有福同享、有難同當，不是自己獨開心的。」

阿力撇撇嘴回道：「這句話你要說給阿胖聽，要不是他自私的

據為己有，我也不會這樣做。」

「好嘛，好嘛，我承認錯了就是。」阿胖低聲下氣，「那你可以把糖分一半給我嗎？」

「我考慮考慮。」阿力欣喜的回應道。

「分一半？你們兩

個想分掉這顆糖，完全不管我？」阿發繃著一張臉，「你們也不想想，上次我採的藍莓果，你們兩個吃掉一整籃，我一句怨言也沒有；現在，一顆糖，你一半，阿胖一半，我連渣都沒有。這，這，對得起我嗎？」

阿發大概太生氣了，他重重的踩了一下腳。

「好嘛，好嘛！」阿力看看阿發，又看看手上的糖，「這樣好了，這顆糖，我一半，阿發一半。」

這下又換阿胖不肯了，他大哭起來，「你們兩個高興的吃糖，我什麼都沒有。」

「好嘛，好嘛！」阿胖的哭聲真是太大聲了，阿力受不了，他舉著糖大聲說：「那我把糖分成三份，這樣總可以吧？」

「嗯——可以接受。」阿發說。

「早這麼說不就得了！」阿胖抹抹眼淚也點點頭。

「要不要我們過去幫你？」阿發擔心阿力食言，想過去盯著。

「別別別，別超過地上的線！這麼簡單的小事，我自己來就好。」阿力胸有成竹。

於是，一條線內外的三隻鼠，六隻眼睛，全盯著一顆糖瞧。

藍色的糖，被包在一個小塑膠袋內。

阿力一邊撕扯包裝袋，一邊說：「我猜啊，這一定是顆薄荷糖，只有薄荷糖才會有這種美麗的顏色——」

話還沒說完，一隻碩大的手，突然從阿力的背後，把糖拿走了。

「吵什麼啊，原來是為了一顆糖！」說話的是另一隻高大的鼴鼠——大個兒，他最喜歡找三隻小鼴鼠的麻煩了。

「一顆糖分成三份，怎麼分？還是把糖送給我，我一口氣吃下肚，大家都不用吵。」大個兒拿到糖，開心的咧嘴笑。

「不行，這是我的糖！」阿力忍不住這口氣，衝上去就要搶。

現在，換阿力和大個兒扭打起來了。

但阿力哪是大個兒的對手？三兩下便鼻青臉腫，一身的傷，躺在地上嗚嗚哭。大個兒則是拿走糖，揚長而去。

「你們——也不過來幫幫我！」阿力對著一旁看戲的阿胖和阿發埋怨道。

「是你自己說的，超過線

的就不是朋友！」阿胖氣不過，回嘴道。

「看著我被打，也不是朋友吧！」阿力更委屈了。

「有糖時，不當我們是朋友；被打時，才想到我們是朋友。唉，這種朋友，不要也罷！」阿發是真的生氣了，轉身就走。

阿胖也沒了興致，拍拍手腳走了。

只剩下阿力獨自在河邊嗚嗚哭著。

陽光晴和，微風徐徐，河面上忽而閃過一抹藍色薄荷糖的顏色。

之後幾天，三隻鼠好像吃了炸藥似的，誰也不理誰。

他們平時都是一同上學、一同放學的。現在可不，你走你的陽關道，我過我的獨木橋，就算是不小心見著了面，也是扭頭一擺，哼！

兩天後，情況有些變化了。

阿胖和阿發好像和好了，像橡皮糖似的，走到哪兒都黏在一起，時不時就在一起嘰嘰喳喳，悄聲笑鬧，獨獨對阿力視而不見。

好奇的同學問阿胖、阿發：「怎麼不理阿力了呢？」

阿發說：「沒辦法，他在我們中間畫了一條線。」

更好奇的同學問阿力：「為什麼要畫一條線呢？」

阿力蒼白著臉，落寞的說：「我沒有畫線，是他們逼我畫的。」

就這樣，過了一個星期。

今天一早，所有的鼴鼠都來到了鼴鼠洞第14號教室。

一進教室，每隻小鼴鼠都是一臉驚喜，因為歷史老師——史太太，竟然帶來了一罐藍色的薄荷糖。

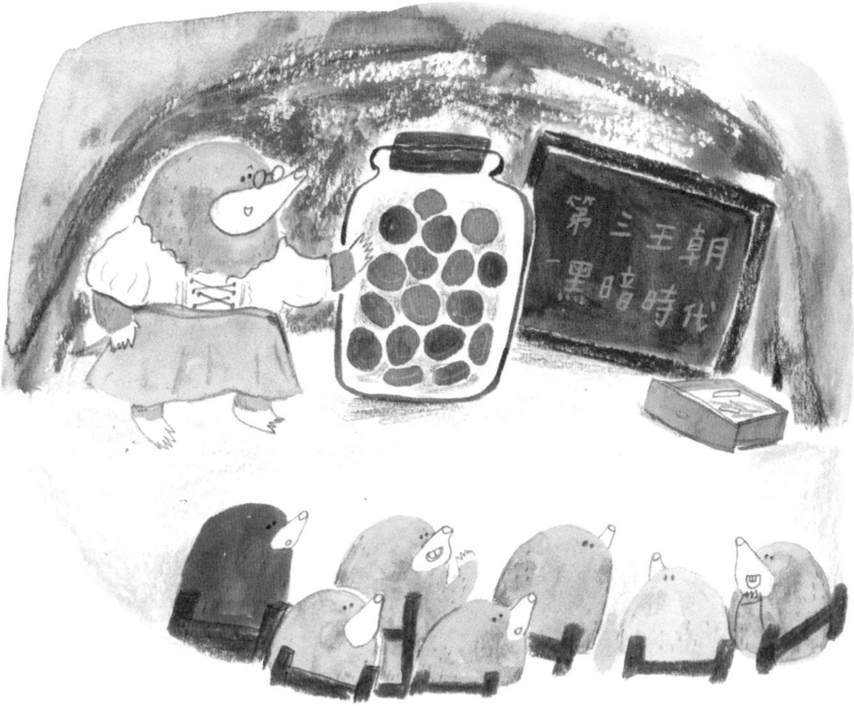

「史太太，今天不上歷史課，只吃糖嗎？」小樂問。

「當然不。今天我們要上的是鼴鼠第三王朝：黑暗時代。這是個很重要的時代，大家得要用心聽。」

「唉～～」大夥

兒嘆了口氣。

「不過，講完後，我會來個隨堂抽問，答對的就可以得到一顆糖！」

「耶～～」大夥兒的眼睛又亮了起來。

有了糖果當獎勵品，大夥兒上課好認真啊！

史太太也遵守諾言，在下課前十分鐘開始隨堂抽問，搶答非常熱烈，一下子，二十顆糖全都送光了。

阿力自個兒得到兩顆。

阿發得到一顆。

阿胖則一顆也沒有得到。

朋友比糖更重要

下課了，阿發、阿胖兩隻鼠靠在一起，打算平分一顆薄荷糖，他們想方設法，要把糖分成兩半。

阿力過來了，他伸出手，對著阿發、阿胖說：「這兩顆糖給你們吃，我們和好吧。」

「你不吃？」阿胖問。

阿力搖搖頭，「我比較想跟你們一起玩。」

阿發也過來了。

他看看阿力手上的糖，沉吟一會兒，說：「是你先畫線的。」

阿力說：「我知道。但是現在我想把這條線擦掉。」

三隻鼠都坐了下來。

他們不發一語，看著眼前的三顆糖。

阿發先說話了：「誰叫你那麼自私，想獨吞那顆糖，害我們心裡不好受。」

阿力也說：「看你們兩個一起玩，都不理我，我心裡也不好受。」

「為了一顆糖，我們三個又打架又冷戰，實在不值得。」阿發嘆口氣。

「還不如認真上課，從史太太手上就可以拿到好吃的薄荷糖。」阿力說。

「吵到最後，糖還被大個兒吃了，超級倒楣。」阿胖嘆息道。

阿胖的話還沒說完，一隻大手又從阿胖的背後伸出來了，「哈哈，現在，我，大個兒，又來吃糖了！」

大個兒一手就掃走了三顆糖，同時，還掄起大拳頭，嚇阻三隻小鼴鼠。

「這口氣怎麼忍得下去？」三隻鼠只是對看一眼，就發動攻勢了。

阿胖咬腿，阿發咬手，阿力則是跳上去抓臉、抓耳朵。

六隻小手不留情的抓抓抓、捏捏捏，把這幾日來的委屈、悶氣、

不開心，一股腦兒發洩在大個兒身上。

大個兒沒想到三隻小鼴鼠合力起來，攻勢如此凌厲。他在痛苦之餘，丟出糖果，坐在地上，哭了起來。三隻鼠拿了糖，轉身就跑。

現在，三隻鼠坐在河岸邊，一邊吃糖，一邊打水漂兒。

「薄荷糖真好吃！甜甜的、涼涼的。」

「大家一起吃糖更好吃了！」

「如果大個兒再欺負我們，我們就這樣對付他。」

「不知道下次史太太會不會再帶糖果來？」

「聽說她要帶巧克力糖！」

「巧克力糖？快，別玩了，等一下我們就回去看書吧。第三王朝：黑暗時代，是吧？」

「不是不是，是第四王朝：迷宮時代！」

陽光晴和，微風徐徐，這世界，也甜美得像一顆藍色薄荷糖。

一碗苦苦的湯

鼴鼠洞第99號教室並不是教室，而是工友毛阿姨的專屬休息室。

毛阿姨在鼴鼠洞裡，負責教室的清潔工作。

每天下課後、當所有小朋友都回家了，毛阿姨便一間間教室的打掃、整理，最後關門、上鎖。

毛阿姨做這工作很久了，年紀也有些大，學校為了體諒她的辛勞，將第99號教室撥給她做為白天的休息室。

雖然第99號教室距離小鼴鼠常去的教室不遠，不過，大家都不喜歡進去那間教室。

因為毛阿姨很嚴肅，動不動就要請小鼴鼠喝湯。

喝一碗苦苦的湯。

好苦、好苦。

阿發的形容是：「苦到會想撞牆。」

阿胖的形容是：「苦到會大叫。」

但毛阿姨總是板起臉說：「湯雖苦，對你們卻是有益的。快，全部喝光了吧，不喝光，就不能走

哦。」

於是，不小心闖進第99號教室的小鼴鼠，就只能無奈的、委屈的、大氣一口也不敢喘的喝完一碗苦苦的湯，才能離開這間教室。

所以，誰都不喜歡經過鼴鼠洞第99號教室。

阿力從沒喝過毛阿姨的湯，也很少經過第99號教室。

不過，這天，阿力來到了鼴鼠洞第99號教室，因為他聞到了一股奇異的味道。

湯！

一鍋聞起來似乎很好喝的湯！

毛阿姨一看到阿力在門口張望，馬上將他「捉」進來。

「肚子餓了吧？快來喝一碗湯，是點心時間哦！」毛阿姨說。

「好啊，謝謝毛阿姨。」

毛阿姨很快端來一碗黑不隆咚的東西，「有點燙，小心喝。」

阿力一看到這碗湯，眼睛瞪得老大，瞬間就反悔了。他想起從阿發和阿胖那兒聽到的，關於「很苦很苦的湯」的事。

「毛阿姨，我忽然覺得肚子不餓了。」阿力客氣的把湯推得遠遠的。

「怎麼會？我記得你們才剛上過鑽洞課不久，這門課啊，最耗體力了，哪可能不餓？喝了吧！」

「毛阿姨，我真的不餓。而且，我最討厭喝湯了，我媽媽說，喝湯不好。」

「喝湯怎會不好？你是沒喝過我煮的湯，只要喝過我煮的湯，

你一定還想再來喝第二次。喝了吧！」

「毛阿姨，這麼燙的湯要喝很久，我怕耽誤上課。」

「簡單！我把湯分裝在三個碗裡散熱，就不會燙了！喝了吧！」

「毛阿姨，我——」

阿力實在想不出拒絕的話了。

他看著這碗黑黑的湯，再看看毛阿姨全心全意的眼神，只好勉強的喝了一口……

哇！好苦啊！

阿力像被雷電打到，苦得直跳腳，眼睛、鼻子、嘴巴全部皺在一起啦！

毛阿姨卻意外的笑了，「很苦，是吧？湯雖苦，對你們卻是有益的。來，再喝一口！」

「我——我——」阿力是真的不想喝湯。

可是毛阿姨一直催促。

阿力只好喝一口。

再喝一口。

再喝一口。

終於，一碗湯喝完了。

毛阿姨高興的說：「好孩子！明天，再來喝湯，好不好？」然後，毛阿姨伸出小指頭。

阿力根本是一百個不願意再來喝湯的。

可是，不知道是毛阿姨的小指頭有魔力？還是毛阿姨的眼神有魔法？阿力竟然呆呆的看著毛阿姨，看著，看著，也伸出了小指頭，

和毛阿姨打了小勾勾。

「好了，我們打勾勾了，明天可要守信，準時來喝湯哦。」毛阿姨說。

阿力點點頭。

直到離開第99號教室老遠，阿力這才驚覺：他答應了一個可怕的約定。

怎麼辦？

阿力不知道怎麼辦才好，只好去找他的好朋友，阿發、阿胖商量。

好東西要和朋友分享

阿發、阿胖聽到阿力喝了一碗苦苦的湯，大笑不止。

阿發說：「吃得苦中苦，方為人上人。」

阿胖說：「超有效！嘿，又高又壯啊！」

阿力氣得咬咬兩隻鼴鼠的尾巴，說：「只會嘲笑我，也不幫我想個解決的辦法，你們兩個還是朋友嗎？」

「我們是想幫你啊！」阿發說：「可是你都和毛阿姨打勾勾了，能怎麼辦？老師說，答應別人的事一定要做到啊！」

阿力苦著一張臉，說：「可是，湯好苦，我不想去，也不想喝。」

阿胖說：「既然湯那麼難喝，為什麼你還要和毛阿姨打小勾勾？」

「我也不知道——」阿力嘆口氣，「看到毛阿姨的眼神，我的手就不知不覺的伸出去了。」

阿胖說：「看來，你只能乖乖去喝湯了。這事，我們誰也幫不了。」

阿發也點點頭。

阿力只好又嘆了一口氣，低著頭，一句話也不講。

突然間，像想到什麼事似的，阿力抬頭問：「你們知道毛阿姨為什麼要煮那麼苦的湯嗎？」

阿胖說：「不知道，大概是她喜歡喝苦苦的湯吧。」

阿發說：「不對，不對。聽說她是為了她的孩子煮的。」

「她的孩子？誰呀，我怎麼不知道？」阿力問。

「你當然不認識了。」阿發笑了，「如果他還在，應該有這麼大了。」阿發比了一個很高的手勢，「聽說，毛阿姨的孩子很愛喝湯。有一天，他上到地面上去玩，這一去，就沒有回家了。有人說是被狐狸叼走了，也有人說是掉落山崖死了，總之，毛阿姨找了好久都找不到，傷心極了。」

「所以，她才煮苦苦的湯？」阿力問。

「聽說，她孩子愛喝苦湯，想孩子時，她就煮一鍋苦苦的湯，

也不知道要給誰喝。」阿發說。

「應該只是她自己喝不完，順便分給大家喝吧！」阿胖說。

阿發搖搖頭。

「會不會是她還在等她的孩子？」阿力問。

「不可能！那都好久以前的事了。」阿發篤定的說。

「不過，」阿發拉拉阿力的手，「我知道她明天一定會等你的。你，別讓毛阿姨失望啊！」阿發說。

「你，別讓毛阿姨失望啊！」阿胖也說。

阿力突然靈光一閃。

「好朋友們，如果我可以讓毛阿姨改煮一鍋甜湯，你們願不願意幫幫我？」阿力高聲問。

「是真的甜湯，還是假的甜湯？」阿胖有些懷疑。

「當然是真的『甜』湯，像地瓜湯、芋頭湯、紅豆湯、綠豆湯

之類的。」

「真的嗎？」一聽有好喝的甜湯，兩隻鼴鼠眼睛都發亮了。

「只要你們答應我做一件小事，我保證一定讓毛阿姨改煮甜湯。」

「如果可以到喝到『甜』湯，我們——當然願意幫你囉！」

阿發點點頭。

阿胖也點點頭。

「嗯，果然是夠義氣的好朋友！」阿力非常開心，「既然答應我了，可要做到哦！」

兩隻鼠果斷的點點頭。

「好，那麼明天陪我去喝毛阿姨苦苦的湯吧！」

毛阿姨的改變

隔天，三隻鼴鼠同時走進了鼴鼠洞第99號教室。

看到阿力還帶了朋友來喝湯，毛阿姨原本下垂的嘴角不禁上揚。

她招呼三個小客人，為他們倒湯，也看著他們喝湯。

看著三隻鼴鼠齜牙咧嘴、大吼大叫的表情，她心中隱隱有一股暖流流流過。

「明天，一定要來喝湯啊！」毛阿姨對喝完湯的三個小傢伙說。

三隻鼴鼠點點頭。

第二天，三隻鼠又來喝湯了。

第三天，三隻鼴鼠也來了。

就這樣，連續一個星期，他們天天來毛阿姨的教室裡喝湯。

第八天，當三隻鼠忍耐著把一碗苦苦的湯喝完的時候，阿力說話了：「毛阿姨，明天可不可以請你再多煮一鍋湯？」

「啥？」毛阿姨有些詫異。

「喝完苦湯後，會很想喝甜湯，所以，可不可以請你多煮一鍋甜湯？」阿力小心謹慎的說著話。

「一鍋甜湯？」毛阿姨想了想，「那麼，你們三個，還會來喝

湯嗎？」毛阿姨問。

「會啊！」

「那樣的話——」毛阿姨點點頭，「好吧！一鍋苦湯、一鍋甜湯，對不對？」

三隻鼠高興的點點頭。

阿胖趕緊叮囑：「最好是一鍋綠豆湯！」

阿力踢踢阿胖。

毛阿姨說：「放心，沒問題！」

於是毛阿姨的第99號教室裡，開始提供兩鍋湯：一鍋苦湯、一鍋甜湯。

三隻小鼴鼠先喝苦湯，再喝甜湯。苦湯喝得大夥們齜牙咧嘴、眉頭緊縮；甜湯喝得大家眉開眼笑、笑容似花。

不過，喝完苦湯再喝甜湯，甜湯似乎更好喝了。

看到從第99號教室走出來的小鼴鼠一臉高興的笑容，其他小鼴鼠開始打探是怎麼回事；當他們知道了99號教室裡有兩鍋湯，心裡的算盤就開始噠噠響了——這樣好像也沒有吃虧哦！於是，上門喝湯的鼴鼠愈來愈多了。

兩個星期過後，當三隻鼠又來喝湯時，他們發現毛阿姨竟然提供了兩鍋甜湯！

沒有苦湯！

阿力看看阿發，阿發看看阿胖，三個同時問：

「毛阿姨，為什麼今天沒有苦湯，只有甜湯？」

毛阿姨反問：「你們不是愛喝甜湯嗎？」

「是啊！」阿力點點頭，「可是——」

「阿力，謝謝你們。這兩個星期來，你們三個喝了很多苦湯。好苦，對不對？」

三隻鼠又是皺眉又是點頭。

毛阿姨笑了笑，說：「今天起，我再也不煮苦湯了。」

三隻鼠詫異的問：「為什麼？」

毛阿姨說：「三年前，我的孩子不見後，我的生活就像這些苦湯，心苦、臉苦，什麼都是苦的；不過，自從看到你們喝完甜湯後甜蜜的笑容，我突然發現：為什麼我要把日子過得這麼苦呢？」

毛阿姨擦了擦眼角，繼續說道：「我的孩子的確是失蹤了、不見了，也很有可能死了；可是，我還有鼴鼠學校這麼多可愛的孩子啊！我應該放下心中的『苦』，試著去過過『甜』的生活才對。」

三隻鼠對看一眼，阿力說：「毛阿姨，什麼『甜的生活』、『苦的生活』，我們是不太懂啦；不過，我們想確定的是，從今天開始，你每天都會煮兩鍋『甜』湯，對嗎？」

「對！」

「萬歲！」

「那——我可以點餐嗎？」阿胖說：「明天我想喝芋頭湯！」

「我要栗子湯！」

「樹薯湯才好喝！」

毛阿姨比了個OK的手勢。

「沒問題，毛阿姨這裡——天天有好湯，天天喝甜湯！」

第一次，三隻鼴鼠感受到了毛阿姨的改變——她再也不是之前那個嚴肅、老板著一張臉的毛阿姨了；而是一個笑咪咪、慈祥和氣，又會煮兩鍋好喝甜湯的毛阿姨。

聽說，鼴鼠洞第99號教室，成了鼴鼠洞裡最熱門的地方。很多鼴鼠一早就來排隊喝湯；他們說喝了毛阿姨的甜湯，一整天上課都有好精神呢！

一幅有著西瓜和草莓的畫

鼴鼠洞第56教室是一間開放的教室，每隻鼴鼠都可以進去坐一坐。

負責這間教室的是年紀有點大的黑老師，她總是笑咪咪的問進來的鼴鼠：「要不要去尋寶啊？」

尋寶？每隻鼴鼠都搖搖頭。

每次鑽地洞就已經像是在尋寶，不是鑽到石塊，就是鑽到樹根，有時是驚喜，有時是驚嚇。誰想要去尋寶？

況且，到底是尋什麼寶？

曾有流言傳出：「寶物就是松子！」

松子？松樹下成堆的松子？

大家更是意興闌珊了。

寶物平常就可以嘗到了，還尋什麼寶？

今天，阿力、阿發和阿胖走進了第56號教室。

其實，他們是走累了，想進來歇歇腳的；不過，黑老師一看見他們，馬上說：「你們，就是你們了！」

「我們？發生了什麼事嗎？」三隻鼴鼠很困惑。

「今天尋寶成功的人就是你們了！」

「我們？」三隻鼴鼠互相看一看。

阿力說：「我們並沒有要尋寶啊！」

黑老師搖搖頭，「不行，今天的尋寶活動非你們不可。而且，現在正是好時機，我相信你們也一定會成功。來，」黑老師拿出一個袋子，「這是救急包，背好它，現在就出發！」

「黑老師，你弄錯了，我們並不想——」

「我沒有弄錯，孩子們，我的眼光完全正確無誤。」黑老師露出慈愛的笑容，「接下來要做什麼呢？對了，接下來要選一幅畫。」

黑老師指著教室的牆壁，說：「來，這裡有三幅畫，你們選一幅畫吧！」

三隻鼠根本搞不清楚尋寶和畫作的關係。他們看了看這三幅奇

怪的畫，然後，阿胖舉起來手，指著第三幅畫作說：「哇，畫裡有西瓜和草莓啊！」

黑老師馬上拍起手來，「太好了，明智的決定，正是這幅畫，選得好！西瓜和草莓，是我愛吃的食物。來，就

從這裡進去吧！」

黑老師把畫作移開，畫作的後方出現了一個地道。

三秒鐘內，三隻鼴鼠就被趕進地道裡——尋寶活動，開始。

這是個一般尋常的、挖好的地道，既然三隻鼴鼠的後路被關閉了，他們只好認命安分的往前走。

「我們趕快找另一個出口出去好了，」阿力埋怨道：「然後再也不要隨意進去56號教室了！」

阿發說：「可是，我覺得黑老師的話暗藏玄機，搞不好我們真

的能挖到寶藏，如果是亮晶晶的金幣，那我們三隻鼠就紅了。」

「金幣有什麼好？愚蠢的人類才會喜歡。我比較喜歡蚯蚓、蝸牛和香噴噴的栗子地瓜。」阿胖說。

「你呀，就只知道吃！」阿力嘆了一口氣。

三隻鼴鼠快速的沿著地道前進，很快就來到一個分岔路。

「前面有一個分岔路，我們要往哪一邊走？」

三隻鼠依照老師教的技巧，停下來仔細的聞聞嗅嗅，但還是感受不到兩個地洞的差異性。

「到底要往左還是往右？走錯路就糟糕了。」阿力說。

阿發看了看地洞上方，突然發現一張紙條。

「看，這裡有張紙條啊！」阿發拿下紙條後，大聲念出上面的字：

「黑老師是一個什麼樣的老師？

1 聰明。

2 愚笨。」

「這紙條和尋寶遊戲有什麼關聯啊？」阿胖還是搞不清楚。

阿力看看紙條再看看地洞，突然間，他大喊：「我知道了！你們看看洞口，右邊的地道口擺著一顆小石頭，左邊的地道口擺著兩

顆同樣的小石頭，也就是說，如果我們選1就走右邊，選2就走左邊！」

其他兩隻鼠依照阿力的話仔細瞧，果然瞧出了端倪，他們不禁拍手大喊：「黑老師真是聰明，竟然想出了這樣的遊戲！」

「那就是選1囉！」阿胖問。

「當然選1。如果我們覺得黑老師笨，那我們聽她的話，豈不比她更笨？」阿力說。

兩隻鼠也點點頭，然後，一起走進右邊的地道。

「我突然覺得這個尋寶遊戲有點好玩了，」阿力說：「黑老師

不會讓我們空手回去的，我們一定能挖到寶，只是不知道這個寶，大家喜不喜歡。」

「我還是想趕快回去，我肚子有點餓了。」阿胖說。

「我們該不會要往地心走去，遇見噴火龍吧？」阿發說。

「如果能遇見噴火龍，那是我們運氣好！別說瞎話了，看，前面又有岔路了。」

阿力找了找，果然在洞口上方找到紙條，他大聲念出來：

「地心裡有噴火龍嗎？

1 沒有。

2 有。」

「奇怪了，黑老師知道我們現在正在想什麼嗎？」阿發抬頭左右張望。

阿胖說：「這個問題太簡單了，地心裡當然沒有噴火龍。我們往右邊的地道走吧。」

三隻鼠不約而同往右邊的1號地道走去，不過，走了一小段路後，竟然發現無路可走；也就是說，這一題，他們選錯答案了。

「怎麼可能？」阿胖大叫：「黑老師一定弄錯了，地心裡明明

沒有噴火龍，她在想什麼？」

「會不會是她曾經遇見過？」阿發也相當疑惑。

「如果她遇見過噴火龍，早就成鼴鼠學校的頭號新聞了。不管了，我們往回走吧。」

三隻鼠只好再回到第二個問題的分岔點，往左邊的地道走去。

「如果找到出口，下次，我一定要去第56號教室，好好問問黑老師。」阿發說。

「對，一定要她拿出噴火龍的證據來，指甲、鱗片都可以，這樣才能證明噴火龍真的存在。」阿力也附和。

阿胖笑著說：「這事你們去問，我才不要去。」

水怪出沒，請小心！

五分鐘後，他們來到一個三岔口。

「哇，選擇愈來愈多了。看看題目是什麼吧！」阿發說。

阿胖找到紙條，大聲念出來：

「什麼時候的風景最美麗？」

1日出的時候。

2日正當中。

3日落的時候。」

三隻鼠你看我，我看你，誰也沒有答案。

「黑老師真無聊，出這奇怪的問題。什麼時候風景最美麗？這得看個人的感受啊，有人喜歡日出，有人喜歡日落，哪有什麼標準答案？」阿力說：「而且，你們看過日出？看過日落嗎？」

阿發和阿胖都搖搖頭。

鼴鼠長期生活在地洞裡，眼睛比較脆弱，太強的光線會讓他們不舒服，所以，他們出外活動時，都盡量選擇光線微弱的時候。日出、日落，他們真的沒看過。

「選日出吧！」阿胖建議：「我聽其他動物說過，日出的景象很美。」

「我也贊同選日出。日正當中，陽光太強，不可能。日落嘛，天都快黑了，有什麼好看？」阿發說。

阿力也沒什麼好主意，於是三隻鼠就往1號地道走去。

沒想到，走不到三分鐘，「轟隆」一聲，三隻鼴鼠一起掉進一個大洞裡，跌得慘兮兮。

「是誰在這兒挖個大洞的，是要嚇死人嗎？」

「一定是黑老師。」

「就算要告訴我們答案選錯了，也不必用這種方式啊！」

三隻鼠在洞裡一邊揉手腳，一邊氣急敗壞的抱怨。

「別埋怨了。這個洞很深，我們趕快鑽個洞爬出去吧。」阿力道。

手忙腳亂，三隻鼠在大洞裡，鑽出一條可以通往上面的地道，這才回到原來的三岔口。

看來，只能選擇第三個答案了。

於是，三隻鼠義無反顧的往最左邊的走道走去。

走了一段路，又來到一個分岔口。

「好吧，來看看這回又是什麼難題！」阿胖說。

阿力拿到紙條，念出題目：

「恭喜你們來到最後一關。

加油，無論如何，一定要堅持下去。

水怪看到鼴鼠會先吃哪個部位？

1頭部。

2尾巴。」

「太好了，這是最後一關了。」阿胖拍拍胸。

「水怪？我沒遇過水怪啊！」阿力說。

阿發、阿胖同時間也搖搖頭。

「沒關係，我們隨便選一個答案吧。」

三隻鼠商量好後，決定往左邊的1號地道走。

走到底，竟然看到一座地下湖泊。

「哈，我知道了，這表示我們選的答案是錯的。」阿力說。

阿胖說：「太好了，這也表示水怪不會先吃鼴鼠的頭。」

三隻鼠重新回到分岔口，再走上右邊的2號走道。

沒想到，右邊走道走到底，竟然也是地下湖泊。

「咦，怎麼兩條地道都通向同樣的地方？」阿力自言自語道。

「該不會——？」突然，阿力拍手大聲喊：「我們得游過這座湖泊？」

「我想的是另一件事，」阿發接著說：「湖裡可能有水怪！」

「而且，」阿胖接著說：「他還會吃鼴鼠的頭部和尾巴！」

三隻鼠互相看一眼，然後不可抑制的全身打起哆嗦。

「怎麼辦，要不要游過去？」阿力問。

「不游過去，怎麼回家？」阿發也反問。

「這已經是最後一關了，如果現在放棄，我們還要再花很多時間才能回到鼴鼠學校去，而且，黑老師還不見得會給我們開門，所以——」阿力看看大夥兒。

「游吧！」阿發簡潔的說。

阿力點點頭。

同時間，卻聽到阿胖大哭，「我不敢～～我怕水～～還有水怪～～會吃我的頭～～」

阿發無奈的看看阿胖，問道：「怎麼辦才好？」

阿力突然靈光一閃，「對了，有救急包啊！」

三隻鼠趕快打開救急包。

包裡除了一副墨鏡和一條繩子之外，什麼都沒有。

「繩子？墨鏡？黑老師不知道我們需要的是游泳圈嗎？」

「浮板也行。」

「吸管也可以。」

「唉——」三隻鼠同時嘆口氣。

一幅絕世畫作

阿力把繩子咬斷，把它變成兩條繩子，然後，把阿胖的一隻手臂綁在自己的手臂上；再用另一條繩子，把阿胖的另一隻手臂綁在阿發的手臂上。

「好了，現在我們三隻鼠要合體變成一隻鼠了。」阿力轉頭叮嚀阿胖：「你要把身體放輕鬆，尾巴翹起來，鼻子、嘴巴露出水面，我和阿發會負責帶你前進。不准哭，不准大叫，你的工作是負責幫我們巡視有沒有水怪出沒！」

阿胖惶恐的點點頭，「好，我知道了。不過，如果發現水怪來了，怎麼辦？」

阿力巡視湖泊的周遭說：「這座湖不大，我們的運氣不可能這麼差；不過，如果真有水怪出沒，阿胖，你就拉拉我們的手，保持安靜，不要驚動水怪。」

一切準備就緒，三隻鼴鼠，哦不，一隻三倍分量大的鼴鼠，就這麼下水了。

五分鐘後，他們很順利的游到對岸。

三隻鼴鼠解開繩子，抖抖水，相視一笑，「看來，不難嘛！」

阿胖也笑了，「報告，也沒有發現水怪！」

「黑老師是存心要嚇我們的。哼，我們一點也沒有上當！」阿發高興的說。

離開湖泊後，只有一條地道往上走。因為知道通過最後一關

了，三隻鼴鼠都很興奮，他們急速的奔跑著。

地道持續往上，難道，寶藏是在地上？

再繼續往上跑，突然間，三隻鼠都嗅到不一樣的味道。

「我們好像離開地道了！」阿發的嗅覺最靈敏。

「是啊，這裡好像是——」阿胖也用力的嗅聞，「我知道了，是樹根！」

「對，樹根。」阿力也聞出來了。

「我們為什麼會在樹根呢？」阿胖還是很疑惑。

「這應該是棵死掉的空心樹，而地道剛好通往空心樹的樹根，

所以，我們就爬上來了。」

「我們會爬到哪裡去？」阿胖還是問。

「上去就知道了！來，我們來比賽看誰先爬到終點。」阿力一吆喝，三隻鼠像是在競賽似的，卯足全力向前衝。

樹根——樹幹——樹枝——樹梢——

「哇～～」

當三隻鼠站在松樹的最頂端往下看時，他們不約而同發出了讚嘆聲：

好美的夕陽。

好美的彩霞。

好美的風景啊！

一輪渾圓的落日正緩慢落下，彩色的雲霞恣意流動、鮮豔欲滴；從高空俯視而下的風景，遼闊悠遠，就像一幅絕世畫作！

「太美了，原來落日是這麼美！」

「我們在地下生活太久了，從沒上過樹梢頭來開開眼界。有空，應該上來看一看。」

「黑老師一點也沒有騙人，這景象，永難忘記！」阿力呆住了。

「嘿嘿，如果怕刺眼，還有墨鏡以防萬一。」阿發戴上墨鏡說。

阿胖倒是嘴中嘖嘖有聲：「瞧我摘下來的新鮮的松子，清香又好吃，你們一定要吃吃看，不吃會後悔！」

三隻鼴鼠在樹梢待了多久的時間，他們也不知道。

一直到夕陽完全沒入山的那頭，他們才依依不捨的回家。

「我覺得我們今天真的尋到寶藏了。」阿力說。

阿發、阿胖也點點頭。

「我們應該要去和黑老師道謝，謝謝她讓我們看到這麼美的風景。黑老師真是用心良苦。」阿力又說。

「對，順便問問她，地心是不是真的有噴火龍？」阿發也說。

「如果有的話呢？」阿胖突然一臉驚恐，「難道——」

阿力一笑，「有何不可？」

阿發也笑，「那——可不一定。」

阿胖則大喊著：「別丟下我啊！」

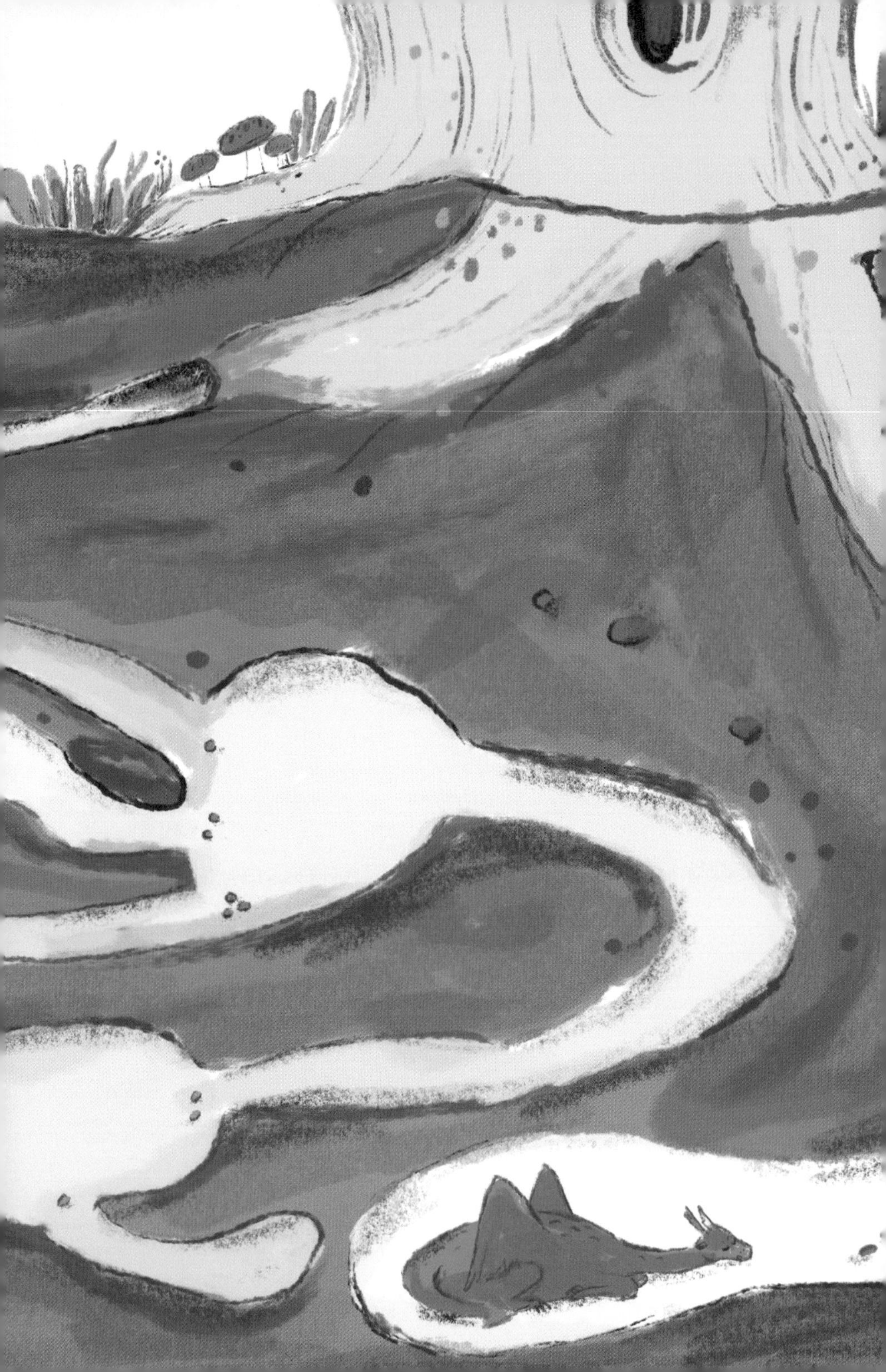

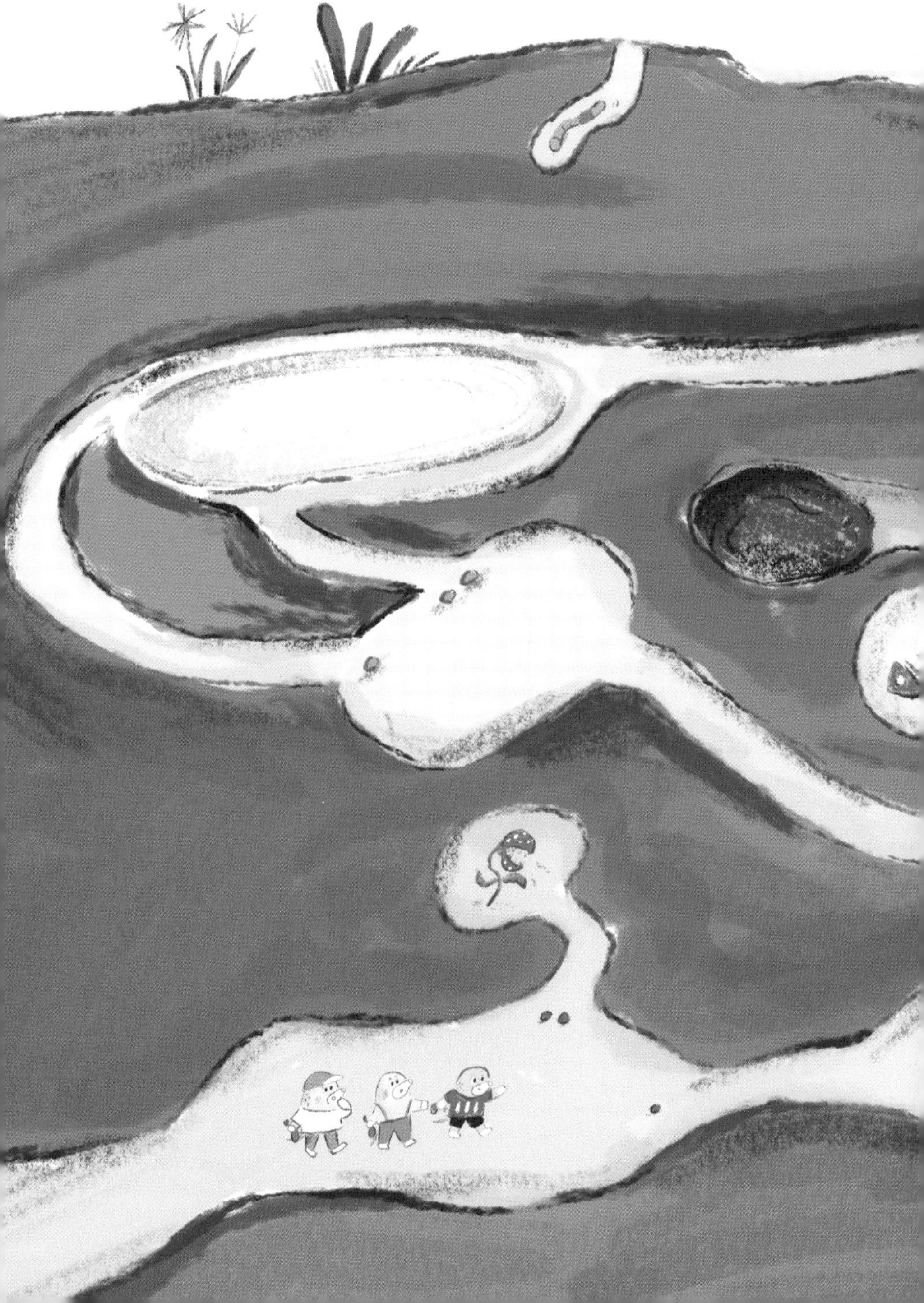

國家圖書館出版品預行編目（CIP）資料

鼴鼠洞教室. 1：國語課：關於 <狐狸> 這首詩／亞平作；李憶婷繪. -- 初版. -- 新北市：字畝文化出版：遠足文化事業股份有限公司發行, 2023.08
168 面；14.8×21 公分
ISBN 978-626-7200-98-8（平裝）
863.596　　112011960

鼴鼠洞教室 1 國語課：**關於〈狐狸〉這首詩**

作者｜亞　平
繪者｜李憶婷

字畝文化創意有限公司
社長兼總編輯｜馮季眉
責任編輯｜戴鈺娟
美術設計｜張簡至真

出版｜字畝文化／遠足文化事業股份有限公司
發行｜遠足文化事業股份有限公司（讀書共和國出版集團）
地址｜ 231 新北市新店區民權路 108-2 號 9 樓
電話｜ (02)2218-1417　傳真｜ (02)8667-1065
客服信箱｜ service@bookrep.com.tw
網路書店｜ www.bookrep.com.tw
團體訂購請洽業務部 (02) 2218-1417 分機 1124

法律顧問｜華洋法律事務所　蘇文生律師
印製｜中原造像股份有限公司

2023 年 8 月　初版一刷
2024 年 5 月　初版二刷
定價｜ 330 元　書號｜ XBSY0058　ISBN ｜ 978-626-7200-98-8
EISBN ｜ 9786267365052（PDF）　9786267365021（EPUB）